El autobús mágico
en el cuerpo humano

por Joanna Cole / Ilustrado por Bruce Degen

Traducido por Isabel Cano / con la colaboración de José Luis Cortés

Scholastic Inc.

Nueva York · Toronto · London · Auckland · Sydney

La autora y el ilustrador agradecen al Dr. Arnold J. Capute, profesor adjunto de Pediatría y director de la División de Desarrollo Infantil de la Escuela de Medicina de la Universidad John Hopkins, por su asistencia en la preparación de este libro.

Originally published in English as:
The Magic School Bus Inside the Human Body

ISBN 0-590-46428-0
Text copyright © 1989 by Joanna Cole
Illustrations copyright © 1989 by Bruce Degen
Translation copyright © 1991 Ediciones SM.
Published by Scholastic Inc.

2 3 4 5 6 7 8 9 10   03 02 01 0/0 9/9 8

Printed in the U.S.A.
Revised format

El ilustrador utilizó pluma y tinta, acuarela,
lápices de colores y aguazo para los dibujos de este libro.

A Craig
de Joanna
y Bruce

HOY VAMOS A APRENDER MUCHAS COSAS SOBRE NUESTRO CUERPO. ¡VERÁS QUÉ INTERESANTE, TEO!

MI HERBÍVORO FAVORITO

MI CARNÍVORO FAVORITO

MI OMNÍVORO FAVORITO

Todo empezó cuando la señorita Carola dijo que nos iba a poner en clase una película sobre el cuerpo humano. Nada más comenzar, imaginamos que algo iba a suceder, porque todos sabíamos que la *Escarola* era la maestra más rara del colegio.

¡UF! ¿POR QUÉ NO ME DEJARÁ EN PAZ?

TU CUERPO ESTÁ COMPUESTO DE CÉLULAS

Aunque creas que tu cuerpo es una sola pieza, está formado por millones de diminutas piececitas, llamadas células.

Raquel

MI CUERPO ESTÁ FORMADO POR MILLONES DE CÉLULAS.

¡Y EL MÍO POR MÁS!

Al día siguiente, la *Escarola* nos preparó un experimento con nuestro propio cuerpo.

OBSERVA TUS CÉLULAS

La mayoría de las células son tan pequeñas que necesitamos un microscopio para verlas.

① Rasca con mucho cuidado el interior de tu mejilla con un bastoncillo.

② Pon una gota de agua sobre un cristalito y moja en ella el bastoncillo.

③ Añade al agua un poquito de solución de yodo para colorear las células.

④ Y ahora pon el cristalito bajo el microscopio.

¡JO, QUÉ COSAS MÁS RARAS SE VEN!

Después, la *Escarola* dijo
que nos iba a llevar al museo de ciencias,
para ver una exposición
sobre cómo nuestro cuerpo obtiene energía
de los alimentos que comemos.

LAS CÉLULAS NECESITAN ENERGÍA PARA CRECER, MOVERSE, HABLAR, PENSAR Y JUGAR.

PUES YO NECESITO TODA MI ENERGÍA PARA SOPORTAR LAS CLASES DE LA ESCAROLA.

célula presa

CADA TIPO DE CÉLULA DESEMPEÑA UN TRABAJO DISTINTO.

Las células del pulmón sirven para respirar.

Las células de los músculos sirven para movernos.

CANTO A LA CÉLULA

Pepe

Las células del cerebro sirven para pensar.

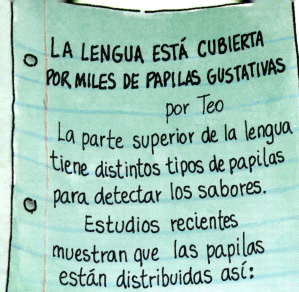

LA LENGUA ESTÁ CUBIERTA POR MILES DE PAPILAS GUSTATIVAS

por Teo

La parte superior de la lengua tiene distintos tipos de papilas para detectar los sabores.

Estudios recientes muestran que las papilas están distribuidas así:

AMARGO
ÁCIDO
SALADO
DULCE

¿SABÍAS QUÉ?
¡En el medio de tu lengua no hay papilas gustativas!

El viaje empezó como cualquier otra excursión: subimos al viejo autobús del colegio y, de camino hacia el museo, nos paramos a comer.

¡QUÉ ASCO! ¡PESCADO EMPANIZADO!

TE CAMBIO MI DELICIOSO PESCADO EMPANIZADO POR TU ASQUEROSO SANDWICH DE MANTEQUILLA DE MANÍ Y PLÁTANO.

¡NI DE BROMA!

¡MIRA QUÉ ZAPATOS LLEVA LA ESCAROLA!

¡POR FAVOR, QUE ESTOY COMIENDO!

Cuando terminamos de comer,
nos subimos todos de nuevo al autobús.
Bueno, todos menos Teo.
El muy despistado seguía sentado
comiendo quesitos.

CUANDO COMEMOS, EL CUERPO DIGIERE
EL ALIMENTO PARA QUE LAS CÉLULAS
PUEDAN PRODUCIR ENERGÍA.

TU CUERPO NECESITA
ALIMENTARSE BIEN
                por Carmen
Para crecer fuerte y
sano tienes que
comer:

pan integral,   frutas y
cereal y pastas   verduras

Come en pequeñas cantidades:

leche y   carne, pollo, huevos,
productos lácteos   pescado y grasas
¡Y NO DEMASIADAS GOLOSINAS!

VOCABULARIO

Digestión viene de una
palabra que significa
dividir. Cuando los
alimentos son digeridos,
se dividen en partes
cada vez más pequeñas.
                Ana

9

—¡Teo, que nos vamos!
–gritó la señorita Carola.
Al ir a arrancar el autobús,
la maestra tocó sin querer
un botón que había
al lado del contacto.

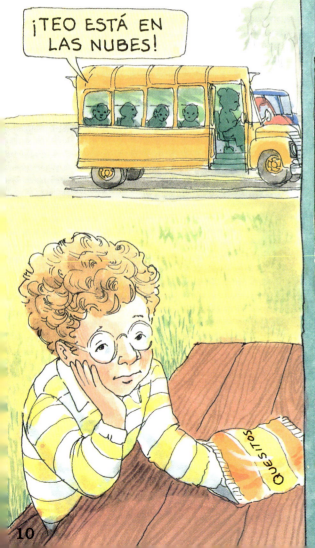

De repente,
empezamos a encogernos
y a dar vueltas
por los aires.

Desde dentro no podíamos
qué estaba sucediendo.
Sólo notamos que
aterrizábamos bruscamente.

... y empezábamos a bajar por un túnel oscuro.
No teníamos ni idea de en dónde estábamos.
Pero, como siempre, la señorita Carola sí lo sabía.
Dijo, como si fuera lo más normal del mundo,
que estábamos en el interior del cuerpo humano,
bajando por el esófago,
el tubo que va desde la garganta al estómago.
La verdad es que estábamos todos tan preocupados
por haber dejado a Teo solo,
que apenas la prestábamos atención.

¿DÓNDE ESTÁ TEO?

¡LO HEMOS DEJADO EN TIERRA!

ESO LE PASA POR COMER CHUCHERÍAS.

¿NO ÍBAMOS AL MUSEO?

HA HABIDO UN PEQUEÑO CAMBIO DE PLANES... ¡ESTAMOS SIENDO DIGERIDOS!

LOS ALIMENTOS ATRAVIESAN EL ESÓFAGO Y LLEGAN AL ESTÓMAGO
Los alimentos no caen directamente hacia abajo.
Los músculos los van empujando, como cuando apretamos un tubo de pasta de dientes.
Por eso podemos tragar incluso si estamos al revés, con las piernas hacia arriba y la cabeza hacia abajo.
Tina

¿POR QUÉ A VECES HACE RUIDO EL ESTÓMAGO?

Cuando no hay comida, el estómago sigue moviéndose. Entonces los gases del estómago hacen ruido.

Felipe

—Estamos entrando en el estómago —anunció la señorita Carola.
La verdad es que no era un lugar nada tranquilo.
Las paredes del estómago se movían hacia dentro y hacia fuera, triturando los alimentos hasta convertirlos en una espesa papilla.
El autobús no paraba de dar vueltas, y el líquido que segrega el estómago, el jugo gástrico, chocaba contra los cristales.
¡Entonces comprendimos cómo se siente una hamburguesa cuando nos la comemos!

TU ESTÓMAGO ES COMO UNA BATIDORA.
¡BRRRR!

SUBAN LAS VENTANAS, NIÑOS.

¡AJJJ!

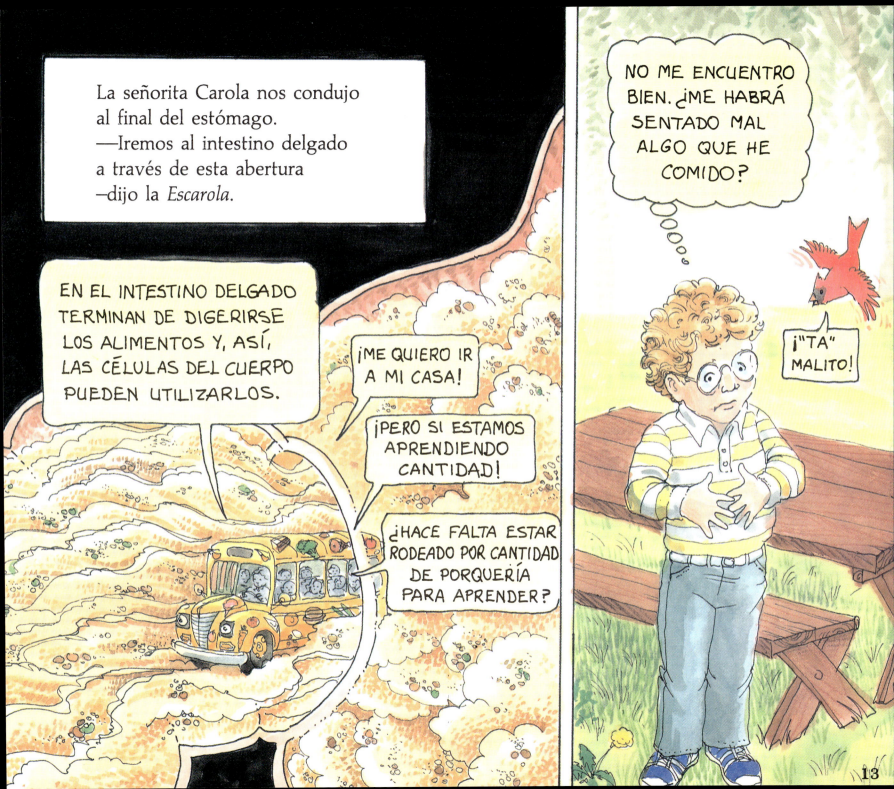

¿POR QUÉ ESTÁN TAN ENROLLADOS LOS INTESTINOS?
Los intestinos de un adulto miden siete metros y medio de largo.
Si estuvieran estirados, las personas tendrían que ser tan altas como una casa.

Juan

ESTÓMAGO

EL ALIMENTO VA DESDE EL ESTÓMAGO AL INTESTINO DELGADO.

LOS DESPERDICIOS VAN AL INTESTINO GRUESO.

El intestino delgado era un tubo muy fino que tenía muchísimas curvas.
Las paredes interiores del tubo estaban cubiertas por una especie de deditos, llamados vellosidades intestinales.
—En cada vellosidad hay vasos sanguíneos muy pequeños. Las partículas de alimento se introducen en estos vasos sanguíneos –dijo la señorita Carola–.
Y, una vez que el alimento está en la sangre, puede viajar por todo el cuerpo.

Cada vez nos sentíamos más pequeños.
La señorita nos condujo hacia el interior de una vellosidad y se fue derecha hacia un vaso sanguíneo.

¿DE QUÉ ESTÁ COMPUESTA LA SANGRE?

Más de la mitad de la sangre es un *líquido amarillento* llamado *plasma*.

El resto son células flotantes.

María

PLASMA
CÉLULAS DE SANGRE

250,000,000

¿POR QUÉ LA SANGRE ES ROJA?

Sin un microscopio, la sangre parece roja porque contiene muchos glóbulos rojos.
En cada gota de sangre hay 250 millones de glóbulos rojos.

Clara

Ahora estábamos en la sangre, pero no parecía roja.
—La sangre no es exactamente roja
—nos explicó la señorita Carola—,
sino que está formada por células
que flotan en un líquido de color claro.
—Esas células parecen ruedas de goma rojas
—dijo Tina.
—Se llaman glóbulos rojos, y llevan oxígeno
desde los pulmones a todas las células del cuerpo
—dijo la *Escarola*.

¡EH! ¿HAS VISTO ESO?

LOS GLÓBULOS ROJOS LLEVAN OXÍGENO.

PARTÍCULAS DE ALIMENTO.

1   2

LOS GLÓBULOS BLANCOS DE LA

16

Miramos hacia atrás
y vimos que un glóbulo blanco
perseguía al autobús.
—¡Pongámonos a salvo entre los glóbulos rojos!
—dijo la *Escarola*. Y tiró del mando
que abre la puerta del autobús.
—¡No hagas eso! —gritamos todos.
Pero no nos hizo ni caso, como siempre.
La puerta del autobús se abrió de golpe.

ESE GLÓBULO BLANCO CREE QUE EL AUTOBÚS DEL COLEGIO ES UN GERMEN.

¡LO COMPRENDO! ESTÁ MÁS SUCIO...

La corriente de sangre nos arrastró fuera del autobús.
—¡Niños, agarren un salvavidas! –gritó la *Escarola*.
Cada uno se sujetó a un glóbulo rojo de los que pasaban. Vimos que el autobús se dirigía hacia otro vaso sanguíneo, perseguido por el glóbulo blanco. Luego, lo perdimos de vista.

19

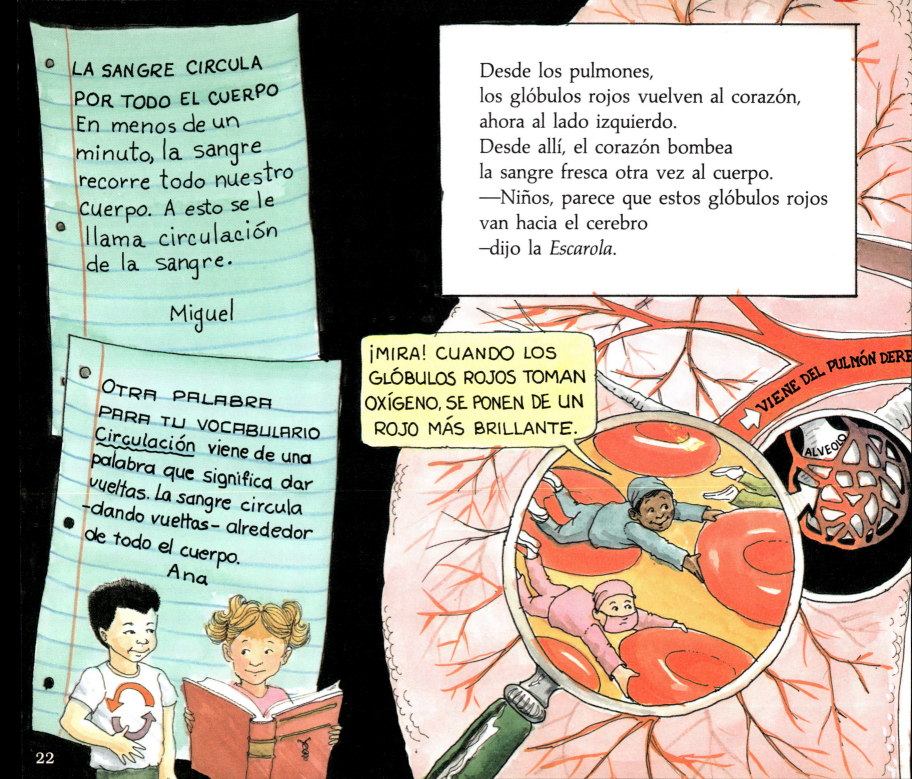

LA SANGRE CIRCULA
POR TODO EL CUERPO
En menos de un
minuto, la sangre
recorre todo nuestro
cuerpo. A esto se le
llama circulación
de la sangre.

Miguel

OTRA PALABRA
PARA TU VOCABULARIO
Circulación viene de una
palabra que significa dar
vueltas. La sangre circula
–dando vueltas– alrededor
de todo el cuerpo.
Ana

Desde los pulmones,
los glóbulos rojos vuelven al corazón,
ahora al lado izquierdo.
Desde allí, el corazón bombea
la sangre fresca otra vez al cuerpo.
—Niños, parece que estos glóbulos rojos
van hacia el cerebro
–dijo la *Escarola*.

¡MIRA! CUANDO LOS
GLÓBULOS ROJOS TOMAN
OXÍGENO, SE PONEN DE UN
ROJO MÁS BRILLANTE.

VIENE DEL PULMÓN DERE

ALVEOLO

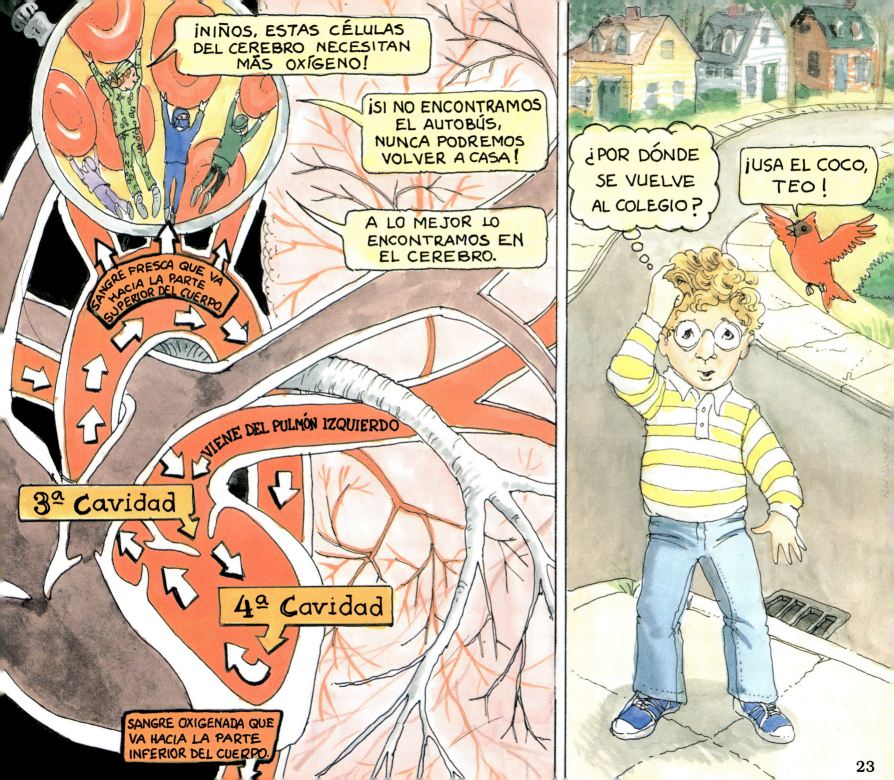

23

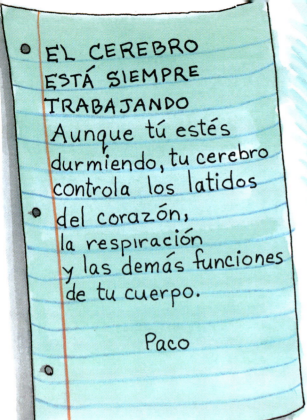

EL CEREBRO ESTÁ SIEMPRE TRABAJANDO

Aunque tú estés durmiendo, tu cerebro controla los latidos del corazón, la respiración y las demás funciones de tu cuerpo.

Paco

TU CEREBRO NUNCA DESCANSA.

(Aunque estés roncando, tu cerebro sigue trabajando)

Cuando llegamos al cerebro,
soltamos los glóbulos rojos
y salimos de los vasos sanguíneos.
Costaba creer
que aquella masa arrugada y gris
fuera el centro de control del cuerpo.

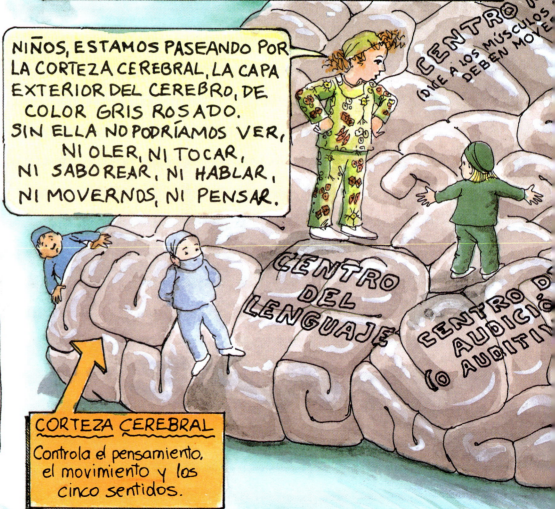

NIÑOS, ESTAMOS PASEANDO POR LA CORTEZA CEREBRAL, LA CAPA EXTERIOR DEL CEREBRO, DE COLOR GRIS ROSADO.
SIN ELLA NO PODRÍAMOS VER, NI OLER, NI TOCAR, NI SABOREAR, NI HABLAR, NI MOVERNOS, NI PENSAR.

CENTRO MO (DICE A LOS MÚSCULOS DEBEN MOVE)

CENTRO DEL LENGUAJE

CENTRO D AUDICIÓ (O AUDITIV

CORTEZA CEREBRAL
Controla el pensamiento, el movimiento y los cinco sentidos.

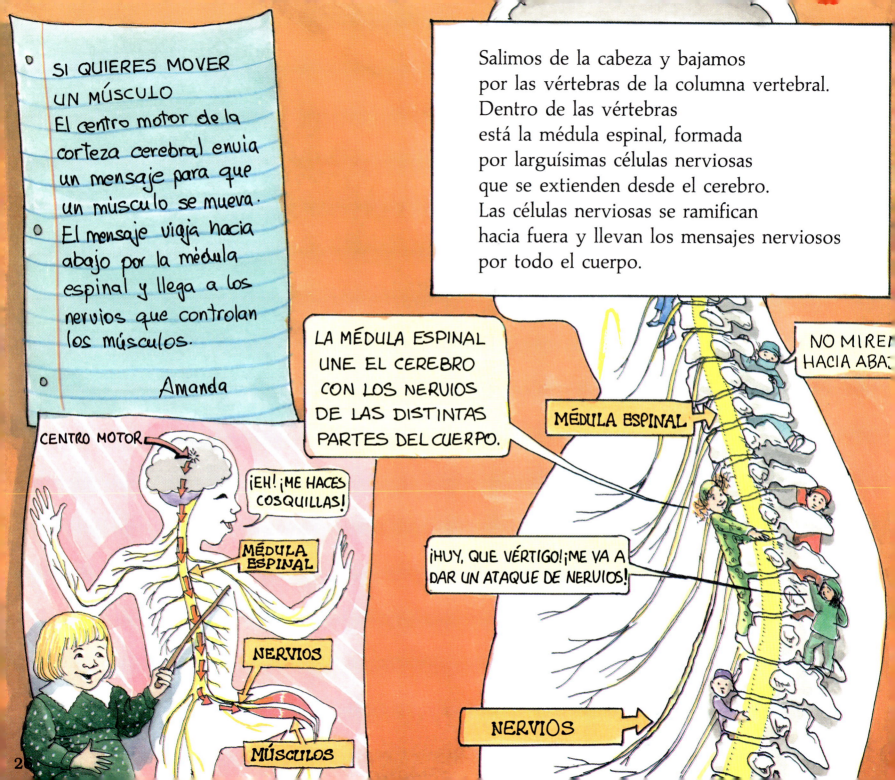

Luego, bajamos por unos nervios
que nos llevaron a los músculos de la pierna.
Los músculos de la pierna estaban
trabajando duro. Necesitaban mucha energía.
Estaban consumiendo mucho alimento
y mucho oxígeno de la sangre.
El corazón latía muy rápido para llevar
sangre fresca a las células musculares.

MÚSCULOS
HUESOS

LOS MÚSCULOS
MUEVEN TUS HUESOS
Algunos músculos están
unidos a los huesos.
Cuando los músculos se
contraen, tiran de los
huesos. Esto hace que
los huesos se muevan
y entonces nos movemos.
Tom

¡NIÑOS, NOS ESTAMOS
DESLIZANDO POR UN
MÚSCULO! DESDE AQUÍ
VOLVEREMOS A LA
CORRIENTE DE SANGRE.

TERMINAL DEL NERVIO

FIBRA MUSCULAR

SI CORRO,
LLEGARÉ
ANTES.
(¡BUF! ¡BUF!)

¿DÓNDE
ESTARÁ TEO?

PRESIENTO
QUE ESTÁ
MUY CERCA.

SI CORRES
DEMASIADO,
TU CORAZÓN IRÁ
MUY ACELERADO.

BUM
BUM

VASO SANGUÍNEO

27

Entramos en un vaso sanguíneo
que había cerca. La sangre fluía muy deprisa
y temíamos perdernos. Pero en ese momento
vimos el autobús del colegio.
¡Qué alivio!
Nos subimos de un salto,
y el autobús se metió otra vez
por el corazón y los pulmones,
siguiendo el mismo camino
que habíamos recorrido antes.

¡POR ESTE CAMINO SALDREMOS DEL CUERPO, NIÑOS!.

AL FIN PODREMOS VOLVER A CASA. ¡QUÉ TRANQUILIDAD!

YO NO ESTARÉ TRANQUILA HASTA QUE PIERDA DE VISTA ESOS GLÓBULOS.

Cuando salimos de la corriente de sangre,
llegamos a un enorme espacio abierto.
—¿Dónde estamos? —preguntó Tom.
La señorita Carola explicó:
—Niños, estamos en las fosas nasales.
—¿Las qué? —exclamamos.
—El interior de la nariz —contestó ella.
De repente, oímos un ruido espantoso.
Sonaba como AT-ATCH-AAATCH...

¿QUE ESTAMOS EN UNA NARIZ?

CREO QUE ESTA VEZ SE HA PASADO.

¡QUÉ ASCO!

CREO QUE VOY A ESTORNUDAR.

USA TU PAÑUELO.

¿POR QUÉ ESTORNUDAMOS?
Si algo nos hace cosquillas dentro de la nariz, ese cosquilleo es una señal para el cerebro.
El cerebro manda al pulmón que tome más aire (eso es cuando hace ¡ATCH...!), y luego el cerebro hace que los músculos del pecho aprieten los pulmones.
El aire sale a una

velocidad de hasta 100 millas por hora, y entonces es cuando se hace ¡...CHISSS!

Natalia

Entonces oímos:
«¡ATCHÍSSSSS!»

¡NIÑOS, EL SONIDO QUE ESCUCHAN ES UN ESTORNUDO!

SI TENEMOS ALGO EN LA NARIZ, NOS HACE ESTORNUDAR. PUEDE SER UNA MOTA DE POLVO O UNA BACTERIA.

O UN AUTOBÚS ESCOLAR...

30

Una ráfaga de aire
empujó al autobús con todas sus fuerzas
y salimos volando,
dando vueltas y más vueltas.

¡NIÑOS, VAMOS A ATERRIZAR! POR FAVOR, PERMANEZCAN SENTADOS HASTA QUE EL MOTOR DEL AUTOBÚS ESTÉ COMPLETAMENTE APAGADO.

¿LO DICE EN SERIO?

¡AATCHÍSS!

¡SALUD!

Íbamos tan deprisa
que no podíamos ver nada,
pero sentíamos que estábamos volviendo
a nuestro tamaño normal.
Entonces, ¡zas!, aterrizamos.
¿Saben dónde? Justo en nuestro colegio.
Y allí estaba Teo, en el estacionamiento,
sonándose la nariz.

—¡Teo, qué excursión te has perdido!
—¡Ha sido alucinante!

LOS RIÑONES LIMPIAN LA SANGRE Y FABRICAN LA ORINA.
LA VEJIGA ALMACENA LA ORINA.

RIÑONES

VEJIGA

HÍGADO

ESTÓMAGO

EL HÍGADO ALMACENA VITAMINAS Y DESTRUYE LOS VENENOS.
TAMBIÉN FABRICA BILIS, Y UN LÍQUIDO QUE AYUDA A DIGERIR LAS GRASAS.

Cuando volvimos a clase,
la *Escarola* nos puso inmediatamente
a trabajar, como siempre.
Nos mandó hacer un inmenso mural
del cuerpo humano.

SANGUÍNEOS

NERVIOS

HUESOS

MÚSCULOS

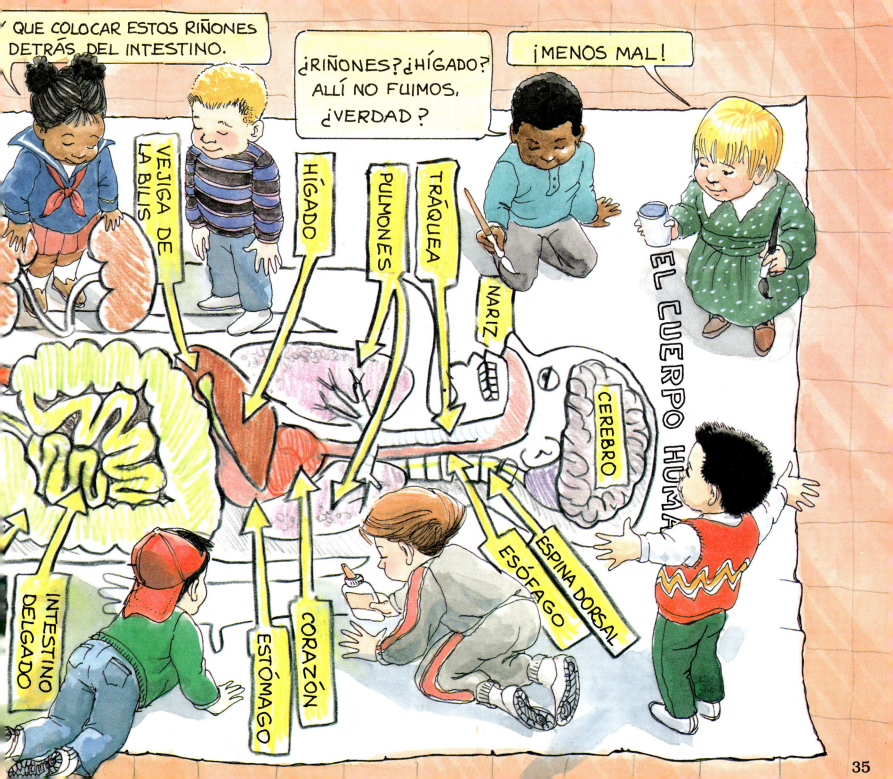

¿VERDADERO O FALSO?

INSTRUCCIONES

Lee las oraciones siguientes y di si son verdaderas o falsas. Comprueba tus respuestas en la página de al lado.

PREGUNTAS

1. Un autobús escolar puede meterse en un cuerpo humano para que los chicos conozcan cómo es por dentro. ¿Verdadero o falso?

2. Los museos son aburridos. ¿Verdadero o falso?

3. Teo no debería haber vuelto solo al colegio. ¿Verdadero o falso?

4. Los chicos no pueden hablar ni respirar cuando están sumergidos en un líquido. ¿Verdadero o falso?

5. Si los chicos fueran tan pequeños como las células, no se podrían ver sin un microscopio. ¿Verdadero o falso?

6. Los glóbulos blancos persiguen y destruyen gérmenes nocivos. ¿Verdadero o falso?

7. Durante toda la excursión, la señorita Carola sabía dónde estaba Teo. ¿Verdadero o falso?

¡OYE! ¿TE ANIMAS A HACER ESTE TEST? APAGA LA TELE, NO TOMES LA MERIENDA, OLVIDA TUS VIDEO-JUEGOS, Y QUÉDATE EN CASA HASTA QUE CONTESTES ESTAS PREGUNTAS.

RESPUESTAS

1. ¡Falso! Eso no puede suceder en la vida real. ¡Ni siquiera a Teo! Pero, en esta historia, la autora tuvo que hacer que ocurriera porque, de otra manera, hubiera tenido que relatar una excursión al museo de ciencias en vez de la viaje al interior del cupero humano.

2. ¡Falso! Los museos son interesantes y divertidos, pero visitarlos no es tan extraño y asqueroso como un viaje al interior del cuerpo humano.

3. ¡Verdadero! En la vida real, hubiera sido más conveniente que pidiera ayuda a un policía.

4. ¡Verdadero! Si los chicos estuviesen de verdad en los vasos sanguíneos, se habrían ahogado. ¡Seguro que fue magia!

5. ¡Verdadero! Los dibujos de este libro nos muestran a los chicos y las células más grandes.

6. ¡Verdadero! Aunque parezca mentira, los glóbulos blancos actúan como nos indica el libro. Se introducen, incluso, por las paredes de los vasos sanguíneos y capturan gérmenes en tus órganos y tejidos.

7. Quizá sea verdad. Nadie está seguro, pero la mayoría de la gente piensa que la señorita Carola lo sabe todo.

¡POR FAVOR, NO ESCRIBAS EN ESTE LIBRO!

GRACIAS